L'aut
ROMA

N° 2

À la recherche des os perdus

Les éditions Scholastic

Texte : Eva Moore

Illustrations : Ted Enik

Adaptation française : Le Groupe Syntagme inc.

D'après les livres de *L'Autobus magique* de Joanna Cole,
illustrés par Bruce Degen

L'auteur voudrait remercier Stephen C. Allen, M.D. pour ses conseils pleins
d'expertise dans la préparation de ce manuscrit.

Données de catalogage avant publication (Canada)

Moore, Eva
À la recherche des os perdus

(L'autobus magique roman de science; #2)
Basé sur L'autobus magique livres écrits par Joanna Cole et
illustrés par Bruce Degen.

ISBN 0-439-98555-2

1. Os – Ouvrages pour la jeunesse. 2. Squelette humain –
Ouvrages pour la jeunesse. I. Cole, Joanna. II. Enik, Ted.
III. Groupe Syntagme Inc. IV. Titre. V. Collection : Autobus
magique roman de science; #2.

QM101.M6614 2000   J611'.71   C00-931524-1

Édition publiée par Les éditions Scholastic, 175 Hillmount Road,
Markham (Ontario) L6C 1Z7.

5 4 3 2 1   Imprimé au Canada   00 01 02 03 04 05

INTRODUCTION

Bonjour. Je m'appelle Hélène-Marie, HM pour mes proches. Je suis l'une des élèves de la classe de Mme Friselis.

Vous avez peut-être entendu parler de Mme Friselis (nous l'appelons parfois Frisette). C'est une enseignante formidable, mais… étrange. Son sujet préféré est la science, et elle connaît *tout*.

Elle nous emmène souvent en excursion dans son autobus magique. Et croyez-moi, il porte bien son nom! Une fois à bord, nous ne savons jamais ce qui nous attend.

Mme Friselis aime nous surprendre, mais en général nous savons qu'elle nous prépare une leçon spéciale juste à sa façon de s'habiller. À l'Halloween, Mme Friselis nous a fait une vraie surprise et elle s'est fait aider par une bande de fantômes.

Impossible, dites-vous? Eh bien! laissez-moi vous raconter ce qui s'est passé...

CHAPITRE 1

— Moi, je vais me déguiser en vampire, dit Raphaël.

— Et moi, en sirène, s'écrit Catherine.

— Moi, je vais être une grappe de raisins, ajoute Jérôme. Et toi, Hélène-Marie?

Je réponds que c'est un secret. J'ajoute : « Je veux tous vous surprendre. »

Nous parlons de nos costumes de l'Halloween. Dans quelques jours, nous pourrons nous déguiser. Nous avons vraiment hâte.

Nous ne savons pas alors que nos plans vont se désintégrer comme un fantôme en plein soleil.

L'aventure commence lorsque Mme Friselis arrive vêtue d'une robe sur laquelle sont imprimés des tas de petits os. Elle tient une grosse boîte orange sur laquelle est couchée une créature verte, couverte d'écailles. Personne n'a peur. C'est seulement Liza, le lézard apprivoisé de Mme Friselis!

— Bonjour tout le monde! s'exclame Mme Friselis. Comme vous le savez, l'Halloween approche à grands pas. Pour célébrer, j'ai pensé que nous pourrions faire une petite fête de l'Halloween avant tout le monde cet après-midi.

— Mais nous n'avons pas nos déguisements, souligne Thomas.

— Ne t'inquiète pas, Thomas. Je vous ai apporté des costumes spéciaux qui seront parfaits pour l'ambiance, répond Mme Friselis. De plus, ces costumes conviennent tout à fait à notre nouvelle unité scientifique.

Je suis curieuse de connaître la nouvelle unité scientifique. (La science est un de mes points forts. Je transporte toujours avec moi un cahier scientifique dans lequel je prends des notes lorsque j'apprends de nouvelles choses.)

Et j'ai hâte de savoir ce qu'il y a dans la boîte. Liza finit par se déplacer et je peux lire les grosses lettres noires inscrites sur le couvercle.

MANUFACTURE DE COSTUMES F. ROY
FABRIQUÉ AU CANADA

— Les enfants, nous allons étudier un sujet jusqu'à l'os! annonce Mme Friselis. Elle ouvre la boîte et fouille à l'intérieur.

— Comme vous le voyez, notre nouvelle unité étudiera...

— Les squelettes! nous écrions-nous à l'unisson lorsqu'elle sort le costume de squelette le plus génial que j'aie jamais vu.

— Tout à fait! s'exclame Mme Friselis. La boîte contient plusieurs costumes. Mme Friselis nous en remet tous un. « Sans squelette, nous serions mous comme des chiffons. Il est grand temps que nous en apprenions plus sur ce qui nous garde en forme! »

Les costumes de squelette sont super. Ils nous recouvrent entièrement, même les pieds. Et les os ne sont pas simplement peints, comme sur les déguisements qu'on achète au magasin : ils sont faits de vinyle blanc et luisant et sont retenus à l'avant et à l'arrière du costume noir par des bandes de velcro. Il y a aussi des gants sur lesquels sont fixés les os de la main.

3

Fidèle à elle-même, Mme Friselis s'est aussi trouvée un costume. Elle a même trouvé un costume avec un squelette de lézard pour Liza.

Nous enfilons tous notre costume et la pièce se remplie bientôt de squelettes qui marchent, qui parlent et qui rient.

— Hé, madame Friselis, dit Raphaël, il y a quelque chose qui ne va pas avec votre squelette. Vous n'avez pas de colonne vertébrale!

— Et toi, Raphaël, renchérit Pascale, tes mains n'ont pas d'os!

Nous commençons à nous observer les uns les autres. À chaque costume, il manque des os.

Thomas n'a pas d'os de jambe.

Catherine n'a pas d'os de pied.

Kisha n'a pas d'os de cuisse.

Carlos a l'air bizarre sans os de bras.

Et Jérôme n'a ni clavicule, ni omoplate.

Pascale, quant à elle, est vraiment drôle : elle n'a pas de côtes.

Je regarde mes avant-bras, ils ne sont pas là! Il n'y a rien entre mes coudes et mes mains.

Mme Friselis nous présente le squelette humain qu'elle vient d'afficher.

— Ouais, dit-elle. Je crois que M. Roy, le fabricant de costumes, nous doit quelques explications. Nos costumes devraient tous ressembler à notre vieil ami Oscar. Lorsque nous aurons fini la leçon d'aujourd'hui, je crois que nous devrions nous rendre à la manufacture de costumes et voir ce qui est arrivé.

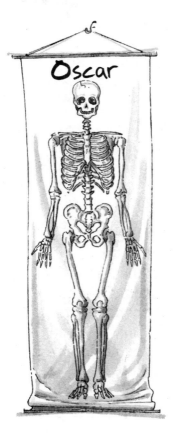

Cet après-midi-là, nous en apprenons long sur les os du squelette humain.

Notes de Mme Friselis

Certains os sont longs, d'autres sont courts, mais tous sont solides et légers

1. Le squelette humain est composé d'environ 206 os. Certains sont longs, d'autres sont courts. Certains sont plats, d'autres sont recourbés. Certains sont gros, d'autres, minuscules. Chacun a la taille et la forme qui lui convient parfaitement pour remplir son rôle.

2. Nos os sont durs et solides, mais ils ne sont pas lourds. Ils sont si légers que le squelette ne représente qu'un cinquième du poids total d'une personne. Si vous pesez 25 kilos, vos os ne comptent que pour environ cinq kilos.

Puis, Mme Friselis attrape ses clefs.

— O.K., les enfants, annonce-t-elle, tout le monde dans l'autobus!

Nous nous entassons dans l'autobus magique. L'autobus nous a souvent entraînés dans des péripéties complètement folles et, au fond de nous, nous savons que nous vivrons de nouveau une aventure extraordinaire.

— Où se trouve la manufacture de costumes F. Roy exactement? demande Jérôme.

— Oh, répond Frisette, pas très loin, à Squeletteville.

Squeletteville?

Liza s'assoit à l'avant avec Mme Friselis, qui tourne la clef de contact. Avant même d'avoir quitté le stationnement, l'autobus se transforme en jet magique! Paré au décollage!

CHAPITRE 2

Le jet magique file dans le ciel bleu. Nous réfléchissons tous à Squeletteville quand Mme Friselis actionne le pilote automatique et sort son harmonica.

— Nous avons besoin d'un air entraînant, dit-elle. Si nous chantions « Le fantôme de Jean? » en canon? Un-deux-trois!

Thomas commence, et nous répétons à l'unisson :

« Avez-vous vu l'fantôme de Jean?
Tout c'qu'il lui reste, c'est des os blancs.

Oo, oo, oo, oo, oo, oo, oo, oo
Ne l'sais-tu pas, t'es plus vivant? »

Le jet magique se pose après le dernier couplet, et redevient un autobus.

Dans le stationnement, nous observons la manufacture de costumes. Elle ressemble à un vieux château hanté. Tandis que nous suivons Mme Friselis dans le bureau principal, nous entendons des hurlements!

Personne dans la manufacture ne semble remarquer les hurlements effrayants, sauf nous. Peu importe ce que c'était, cela a hurlé dix fois, puis s'est arrêté.

Tous les employés ont continué à travailler comme si de rien n'était. On en voit qui traversent la manufacture en poussant des chariots remplis de boîtes ou transportant des piles de papier.

Des téléphones sonnent...

Un homme maigre aux cheveux en bataille surgit d'une porte sur laquelle on lit :

FÉDOR ROY
PRÉSIDENT ET DIRECTEUR GÉNÉRAL

— Qui a pris une commande de cinq cents costumes de Dracula? aboie-t-il. Nous ne pourrons jamais fabriquer autant de dents de vampire en si peu de temps.

— Je suis désolée, Monsieur, dit une jeune femme. J'ai oublié de vous parler de cette commande. Mais ne vous inquiétez pas, je m'occupe de tout.

Et elle se sauve.

M. Roy sursaute en voyant les squelettes que nous sommes.

— Qui êtes-vous? demande-t-il.

— Je suis Mme Friselis, et voici mes élèves, lui répond Frisette. Nous sommes tombés sur un os. En fait, il y a un problème avec nos costumes — comme vous pouvez le voir. Nous en voulons de nouveaux qui contienne le bon nombre d'os.

Fédor Roy semble être au bord des larmes. « Oh, mon Dieu, dit-il. J'imagine que les employés ont livré votre commande à toute vitesse et ont été un peu négligents. Nous sommes si bousculés avec l'Halloween qui s'en vient. Et je suis vraiment désolé de vous l'annoncer, mais nous avons vendu absolument tous nos costumes de squelette de luxe. »

Il s'arrête et réfléchit une minute. « Aucun de mes employés n'a le temps de s'occuper de vos costumes pour l'instant, mais j'ai une idée. Il y a beaucoup d'os inutilisés dans les entrepôts. Est-ce que cela vous dérangerait de chercher vous-mêmes les os qui vous manquent? Je vais vous indiquer le chemin. »

M. Roy nous entraîne vers l'extérieur et nous montre du doigt un édifice qui ressemble à une grange.

— C'est là que vous devez commencer, Madame Friselis, à l'Entrepôt A, dit-il. Ah, je vois que vous êtes venus en autobus. Très bien. Vous pouvez monter avec l'autobus sur le convoyeur. Il vous fera traverser tous les entrepôts d'os. Vous pouvez

utiliser la télécommande pour mettre en marche ou arrêter le convoyeur.

Puis, M. Roy met la main dans sa poche et en sort un morceau de papier.

— Voici un plan des édifices que vous allez traverser. Vous pourrez arrêter où bon vous semble pour prendre les os qui vous manquent.

Mme Friselis a à peine le temps de remercier M. Roy avant qu'il ne disparaisse de nouveau dans le bureau en pleine effervescence.

Quelques minutes plus tard, nous sommes à nouveau dans l'autobus. Mme Friselis conduit l'autobus jusqu'à une large bande de caoutchouc, semblable au convoyeur qui transporte les bagages dans les aéroports. Elle coupe le moteur, puis elle appuie sur le bouton « départ » de la télécommande. Le convoyeur se met en marche en vrombissant. Nous avons tous peur que les hurlements effrayants recommencent.

Nous sommes transportés jusqu'à une grande salle. Au-dessus de la porte, nous voyons la lettre A. Mme Friselis appuie sur le bouton « arrêt » de la télécommande.

— Les enfants, préparez-vous à partir à la recherche des os, dit-elle. Nous devons nous dépêcher si nous voulons être revenus à temps pour notre fête de l'Halloween.

Selon le plan, l'Entrepôt A est l'endroit où les pieds sont entreposés. Nous devons en trouver une paire qui convienne à Catherine.

Il y a des boîtes empilées sur des étagères et sur le plancher — elles sont toutes pleines d'os.

— Comment allons-nous trouver les os qui conviennent à mon costume? gémit Catherine. Il y a tellement de tailles différentes.

Mme Friselis tente de nous remonter le moral. « Comme mon arrière-arrière-arrière-grand-oncle Don Quicherchetrouve avait coutume de dire : Avec beaucoup d'yeux, on trouve tout c'qu'on veut. »

Nous travaillerons donc en équipe. Pascale et moi ouvrons l'une des boîtes tandis que Raphaël et Carlos s'attaquent à une autre. Liza donne un coup de main à Mme Friselis.

— Qu'allons-nous faire si nous ne trouvons pas la bonne taille de pieds pour Catherine? demande Kisha, inquiète.

— Nous *devons* trouver. Il faut que nous revenions pour la fête de Mme Friselis, répond Pascale.

— Eurêka! s'écrie Thomas. Je crois que j'ai trouvé la paire de pieds qui convient à Catherine.

Il se penche et applique les os de pied en vinyle sur les bandes de velcro du costume de Catherine.

Ils lui vont parfaitement.

— Oh, là là, les pieds ont vraiment beaucoup d'os! s'exclame Catherine, en regardant le nouvel ajout à son costume.

— C'est bien vrai, approuve Mme Friselis. Chaque pied compte 26 os.

— Il faut que j'inscrive ça dans mon rapport, dit Catherine.

Les pieds, aussi appelés paquets d'os
par Catherine

Imaginez! Les pieds comptent pour 52 des 206 os de votre corps! C'est plus que toute autre partie du squelette, à l'exception des mains.

Les os des pieds sont plus plats et plus longs que les os des mains.

La forme du pied nous empêche de tomber en avant lorsque nous nous tenons debout.

Tibia

Péroné

Tarses

Talon d'Achille

Phalanges

Métatarsiens   Astragale (os de la cheville)

Mettre un pied devant l'autre

par Catherine

Avez-vous déjà remarqué à quel point vos pieds changent de forme et se plient lorsque vous marchez?

Les pieds sont très souples parce qu'ils contiennent beaucoup d'os. La forme de nos pieds nous aide à marcher sur différents types de surfaces.

CHAPITRE 3

Lorsque nous remontons dans l'autobus, nous entendons encore une fois un hurlement à faire dresser les cheveux sur la tête. « Qu-qu'est-ce que c'é-c'était? » bredouille Jérôme.

Peu importe ce que c'est, la chose hurle onze fois! Nous sommes trop effrayés pour bouger. Puis, les hurlements cessent, et le silence retombe. Nous nous asseyons dans l'autobus sans dire un mot.

Mme Friselis consulte le plan que M. Roy lui a remis. « Nous nous rendons maintenant à l'Entrepôt B, dit-elle, les os des jambes! » Elle appuie sur le bouton de la télécommande, et le convoyeur se met à avancer.

Catherine agite ses nouveaux pieds. « Les os sont si durs et si rigides, dit-elle, mais nous pouvons les bouger facilement. Comment ça se fait, Madame Friselis? »

— Bonne question, Catherine! s'exclame Mme Friselis. J'ai l'impression que nous trouverons la réponse dans ces affiches.

Tandis que l'autobus avance lentement sur le convoyeur, elle appuie sur un levier et plusieurs affiches se déroulent sur le tableau de bord.

Nos os peuvent bouger grâce aux MUSCLES et aux ARTICULATIONS.

Les MUSCLES nous donnent la capacité de bouger et nous donnent de la force.

Les muscles sont fixés aux os par des « cordes » fibreuses appelées TENDONS. Les muscles tirent sur les os et les font bouger.

Muscles triceps

Sans muscles, notre squelette n'irait nulle part.

On appelle ARTICULATION l'endroit où deux os se rencontrent.

Certaines de nos articulations ne peuvent bouger que d'avant en arrière.

Articulation
à charnière

Coude

Articulation
à rotule

Épaule

Certaines articulations peuvent bouger dans toutes les directions.

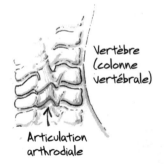

Certaines articulations peuvent se plier et pivoter.

Vertèbre
(colonne
vertébrale)

Articulation
arthrodiale

Certaines articulations peuvent tourner d'un côté et de l'autre et effectuer une rotation.

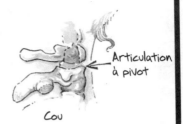

Articulation à pivot

Cou

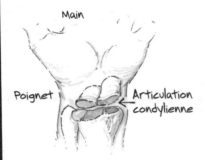

Main

Poignet

Articulation condylienne

Certaines articulations du poignet peuvent bouger d'un côté comme de l'autre et d'avant en arrière.

L'articulation à la base du pouce bouge dans deux directions.

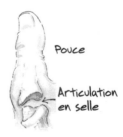

Pouce

Articulation en selle

Les os sont maintenus en place dans les articulations grâce aux LIGAMENTS, qui sont un peu comme des élastiques.

Cahier de Hélène-Marie
Les humains en caoutchouc

Certaines personnes peuvent se plier et se tordre à un tel point qu'on les dirait faites de caoutchouc. Mais elles ne sont pas réellement en caoutchouc et n'ont pas d'articulations supplémentaires. Si elles peuvent se plier si facilement, c'est parce que leurs ligaments sont plus longs et plus souples que la moyenne.

Nous arrivons maintenant à l'Entrepôt B, où sont entreposés les os de la jambe. Mme Friselis éteint l'écran magique et arrête le convoyeur. Nous descendons de l'autobus et nous la suivons dans la pièce sombre.

— Les enfants, dit Mme Friselis, vous savez peut-être que l'os de la jambe est relié à l'os de la cheville. Mais, comme vous le verrez, chaque jambe est en fait composée de deux os, et la cheville est, en réalité, seulement la partie inférieure de ces os! Maintenant, commençons à chercher une paire de jambes — deux os pour chaque jambe — qui convienne au costume de Thomas.

Nous commençons à ouvrir les boîtes, l'une après l'autre. Certains os sont trop longs, d'autres, trop courts. Nous sommes tellement absorbés par notre recherche que nous ne remarquons pas un bruit faible qui vient d'un coin sombre. Tout à coup, une boîte s'écrase au sol!

— Qu-qu-qu'est-ce que c'est? demande Raphaël.

Il pointe du doigt vers le bruit. Nous sommes paralysés. Dans le coin sombre se tient un grand squelette aux os vert fluorescents. Il regarde droit vers nous avec ses énormes yeux vides.

Puis, en un clin d'œil, il disparaît!

Nous restons figés.

— Vous savez qui c'était? finit par dire Raphaël. Le fantôme de Jean : tout ce qu'il lui reste, ce sont des os blancs!

J'admets que le squelette n'était pas vraiment beau à voir, mais je ne laisse jamais mon imagination avoir le dessus. Je réponds : « Ne sois pas stupide, tu sais bien que les fantômes n'existent pas. »

— Comment peux-tu en être si sûre, Hélène-Marie? demande Catherine. Moi, je trouve que ça ressemblait drôlement à un fantôme — un squelette fantôme!

Mme Friselis s'approche de la boîte qui s'est renversée. « Si c'est un fantôme, je pense que c'est un fantôme bienveillant, dit-elle. Regardez, je crois que nous avons ici les os que nous cherchons. »

Elle fixe les os au costume de Thomas.

— Super, s'écrie Thomas. Maintenant, je suis complet!

— Parfait, réplique Jérôme, nous pouvons nous en aller.

Un os, deux os
par Thomas

Le gros os à l'avant de votre jambe
s'appelle le tibia.
L'os plus fin qui se trouve à l'extérieur
s'appelle le péroné.
Pour marcher et courir, ça prend
les deux!

Péroné

Tibia

De retour dans l'autobus, Mme Friselis consulte le plan.

— Destination, os des cuisses, déclare-t-elle.

Elle appuie sur le bouton de la télécommande et nous avançons sur le convoyeur. Juste après un tournant, une étrange lueur apparaît derrière nous. Nous regardons par la lunette arrière et en avons le souffle coupé : dans l'obscurité se tient le squelette. C'est le retour du fantôme de Jean!

— Il nous suit! s'écrie Pascale.

Mais le fantôme ne bouge pas du tout. Il se contente de disparaître.

CHAPTER 4

Nous avons vraiment hâte de sortir de la manufacture. Tout cela nous donne la chair de poule.

— Nous aurions dû prévoir que nous nous retrouverions dans une manufacture hantée de l'Halloween, dit Jérôme.

— À quoi t'attendais-tu? demande Kisha. C'est une expédition de l'autobus magique.

Thomas se promène entre les rangées de bancs de l'autobus, il s'étire les jambes et admire ses nouveaux tibias et péronés.

— Les os de nos costumes sont faits en vinyle, dit Thomas, mais nos vrais os, de quoi sont-ils faits? Le savez-vous, Madame Friselis?

— Nos os sont faits de phosphate de calcium dur et de collagène fibreux et résistant, répond Mme Friselis. Les os ne sont pas faits d'une seule pièce, il y a quelque chose à l'intérieur. Voyons voir.

Mme Friselis appuie sur un bouton du tableau de bord. Instantanément, le pare-brise de l'autobus devient un écran de télévision géant. Une image apparaît sur l'écran.

— Cette illustration montre les diverses parties de l'os de la cuisse, explique Mme Friselis. L'os de la cuisse s'appelle le fémur.

**Rapport interne :
De quoi est fait un os?**

Cartilage : protège l'os à l'articulation.

Os dur et dense.

Os spongieux : les alvéoles font en sorte que l'os est solide mais léger.

La moelle osseuse remplit les alvéoles de l'os spongieux. C'est là que sont produits les globules rouges du sang.

La moelle osseuse remplit les alvéoles de l'os spongieux. C'est là que sont produits les globules rouges du sang.

— Fantastique! s'exclame Raphaël. Nos os sont encore plus compliqués que je ne croyais.

— N'oubliez pas qu'à l'intérieur de nos os se trouvent des vaisseaux sanguins. Tout autour des os, il y a aussi des nerfs, fait remarquer Mme Friselis. C'est pourquoi nous ressentons de la douleur lorsque nous recevons un coup sur un os.

Au même instant, Mme Friselis arrête le convoyeur. Nous sommes à l'intérieur de l'Entrepôt C.

Le fameux fémur
par Kisha

Le fémur compte deux articulations importantes – au genou et à la hanche. L'articulation du genou est la plus grosse articulation du corps, et celle de la hanche, la plus solide.

P.S. : L'articulation du genou est une articulation à charnière, tandis que celle de la hanche est une articulation à rotule.

Les os de cet entrepôt sont classés de la façon suivante : *longs*, *très longs* et *très très longs*.

— Le fémur est l'os le plus long de notre corps, nous apprend Mme Friselis tandis que nous commençons à chercher dans les boîtes. En fait, il compte pour le quart de notre taille.

Je fais le calcul. Kisha mesure environ un mètre vingt, donc l'os que nous cherchons devrait mesurer environ trente centimètres.

— Je crois que j'ai trouvé les bons, dit Jérôme. Voyons voir s'ils sont de la bonne taille.

Le bout arrondi des fémurs s'emboîte parfaitement dans l'articulation de la hanche du costume de Kisha, et la grosse articulation du genou se met en place aisément.

Q : Pourquoi a-t-on du mal à comprendre les arthritiques?
R : Parce qu'ils ont un problème d'articulation!

par Jérôme

La rotule est un petit os plat qui protège l'articulation délicate du genou. C'est un os distinct, relié par des tendons au-devant de l'articulation.

Salut, vieille hanche!

par Kisha

L'os de la hanche est recourbé et forme ce qu'on appelle le bassin, qui protège l'estomac, les intestins et les autres organes mous à l'intérieur. Sa forme nous aide à maintenir nos jambes alignées avec la partie supérieure de notre corps et nous permet aussi de garder notre équilibre.

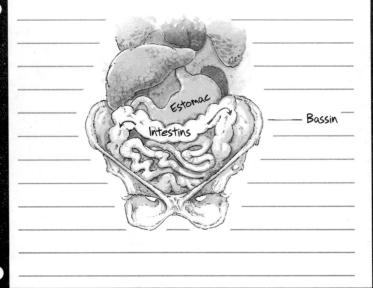

Estomac

Intestins

Bassin

Nous sommes si occupés à remettre en place le fémur de Kisha que personne ne remarque que le convoyeur est parti tout seul... jusqu'à ce qu'il soit trop tard.

— Hé, arrête! s'exclame Thomas. L'autobus s'engage dans le tunnel sans nous. Quelqu'un doit avoir joué avec la télécommande.

Nous courons jusqu'au convoyeur. Dans l'autobus, nous distinguons une forme étrange assise dans le fauteuil du conducteur — encore les os phosphorescents du fantôme! Et dans la lunette arrière, nous voyons les yeux terrifiés d'un petit lézard. Liza est prisonnière dans l'autobus!

CHAPITRE 5

— Vite, vite les enfants! Tout le monde sur le convoyeur, s'écrie Mme Friselis. Il faut suivre l'autobus!

Le convoyeur n'avance pas très vite, mais ce n'est pas facile de sauter dessus. Après un essai, tout le monde réussit sauf Raphaël.

Raphaël court le long du convoyeur en pleurnichant : « Je ne suis pas capable! »

Je lui réponds : « Mais oui, tu peux! Nous allons t'aider. Nous allons compter jusqu'à trois. Tu es prêt? Un, deux, trois! »

Il bondit, et nous l'attrapons par les bras. Il a réussi! Maintenant, nous sommes tous sur le convoyeur. Nous nous engageons dans un tunnel au-dessus duquel est écrit Entrepôt D.

— J'espère que ce squelette fantôme sait comment arrêter le convoyeur, dit Raphaël.

Nous soupirons tous de soulagement lorsque le convoyeur s'arrête à l'intérieur de l'entrepôt. Nous voyons l'autobus à l'autre bout de la salle.

Mme Friselis court vers l'autobus. Nous restons en arrière, bien en sécurité, au cas où le fantôme serait encore caché dans l'autobus, attendant pour nous faire peur.

— Pas de problème! s'écrie Frisette. Il n'y a aucun fantôme ici.

Nous courons vers l'autobus et nous regardons à l'intérieur.

Liza sort de derrière un siège. Lorsqu'elle voit Mme Friselis, elle lui saute dans les bras.

— Pauvre Liza, dit Pascale, je suis sûre qu'elle a eu vraiment très peur. Je suis contente de voir qu'elle n'a rien.

— Allons, au travail. Il faut trouver des os, dit Mme Friselis. Nous nous inquiéterons du fantôme plus tard.

Elle consulte la carte.

— Nous sommes dans la salle des os du dos! annonce-t-elle. Je vais enfin avoir une colonne vertébrale!

Sur les étagères de l'Entrepôt D, s'entassent de longues boîtes.

— Heureusement que ces colonnes vertébrales sont déjà assemblées, fait remarquer Jérôme. Cela nous prendrait des années pour trouver les 33 vertèbres de la colonne vertébrale de Mme Friselis.

— En voici une qui semble parfaite, s'écrie Thomas.

Nous l'appliquons sur le dos de Mme Friselis.

— Parfait! s'exclame Carlos. La colonne fonctionne!

Les os de la colonne
par Thomas

Vous pensiez peut-être que votre colonne vertébrale était parfaitement droite du haut jusqu'en bas. Eh bien, vous aviez tort. Si vous regardez de côté, vous verrez que votre colonne vertébrale a la forme d'un S. La courbure aide la colonne à rester bien solide, à absorber les coups lorsque nous marchons ou courons, et à rendre la colonne plus souple.

Notes de Mme Friselis

Votre colonne vertébrale est composée de 33 os

Les os de la colonne vertébrale s'appellent « vertèbres ».

Les os de la colonne sont attachés au crâne en haut et au bassin, en bas, et soutiennent l'ensemble du squelette.

Comptons les vertèbres :

Cou — 7 vertèbres

Haut du dos — 12 vertèbres

Bas du dos — 5 vertèbres

Sacrum — 5 vertèbres souvent fusionnées en un seul os

Coccyx — 4 vertèbres très souvent jointes les unes aux autres

Nombre total de vertèbres = 33

Les vertèbres sont reliées les unes aux autres par des articulations arthrodiales, ce qui veut dire un peu arrondies. Grâce à ces articulations, nous pouvons arquer le dos, faire une rotation et nous pencher vers l'avant pour toucher nos orteils.

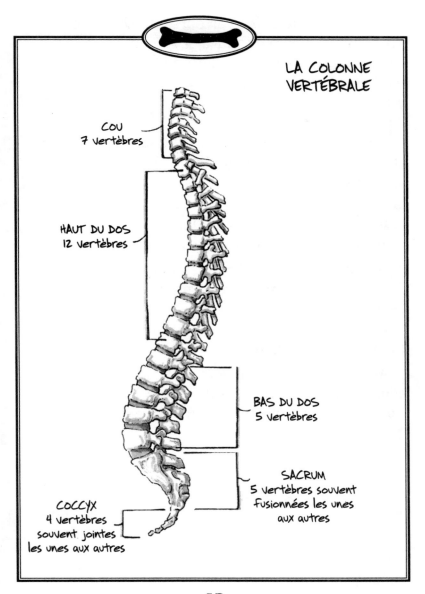

LA COLONNE
VERTÉBRALE

COU
7 vertèbres

HAUT DU DOS
12 vertèbres

BAS DU DOS
5 vertèbres

SACRUM
5 vertèbres souvent
fusionnées les unes
aux autres

COCCYX
4 vertèbres
souvent jointes
les unes aux autres

Nous remettons les vertèbres du costume de Mme Friselis bien en place et remontons dans l'autobus. Soudain, nous entendons à nouveau les hurlements effrayants. Cette fois, il y a 12 hurlements. Puis tout redevient silencieux, comme les autres fois.

— Hé, dit Thomas. Il y a eu douze hurlements, et ma montre indique qu'il est midi.

— Il ne s'agit peut-être que d'un horrible coucou, fait observer Catherine. Ce serait parfait pour une manufacture de déguisements.

Pascale s'assoit et soupire de soulagement.

— Ouf! dit-elle. Au moins, nous avons traversé l'entrepôt sans rencontrer à nouveau le fantôme de Jean.

— Ouais, approuve Kisha. Il s'est peut-être évaporé pour de bon.

Mme Friselis appuie sur la télécommande, et nous nous dirigeons vers la chasse à l'os suivante. Nous ne savons pas que Jean nous accompagne...

CHAPITRE 6

Nous arrivons à l'Entrepôt E, et j'ai l'impression que nous avons passé la journée dans la manufacture de costumes. Mais il est seulement midi. Naturellement, nous avons faim, et Mme Friselis vient à notre rescousse.

— Prenez-vous des sandwiches au fromage et du lait, dit-elle en ouvrant une glacière qui se trouve sur le siège avant. Pour dessert, nous mangerons des fruits. Vous devez manger des aliments sains pour nourrir vos os en pleine croissance, dit Mme Friselis. C'est bon pour mes os aussi. Même si mes os ne grandissent et ne grossissent plus, ils ont encore besoin de vitamines et de minéraux pour rester en bonne santé.

Cahier de Hélène-Marie

Sauvez des os!

Les os de la plupart des gens atteignent leur taille adulte entre l'âge de seize et vingt ans.

Mais les os perdent continuellement du calcium et du collagène. Nous pouvons remplacer ces éléments nutritifs et aider nos os à rester forts en mangeant des aliments qui contiennent beaucoup de calcium et de vitamine D.

Le lait, le fromage, le brocoli et les fèves de soya sont de bonnes sources de calcium. Le soleil aide notre organisme à fabriquer de la vitamine D, et la vitamine D aide notre corps à absorber le calcium.

Après le repas, nous nous sentons forts et prêts à entreprendre notre nouvelle chasse à l'os. Il faut nous dépêcher si nous voulons être de retour à l'école à temps pour la fête. Une question me vient à l'esprit :

— Madame Friselis, quels os allons-nous trouver dans cette salle?

— Là, on trouve des côtes, répond-elle en pointant du doigt les étagères alignées d'un côté de la salle, et là, en pointant le mur opposé, des bras. Séparons-nous en deux groupes et commençons notre recherche.

Pascale, à qui il manque une cage thoracique, s'est mise en équipe avec Catherine, Thomas et Kisha. Très vite, ils trouvent une belle cage thoracique pour Pascale.

Côte à côte
par Pascale

La plupart des gens ont douze paires de côtes. Les sept premières paires de côtes se rejoignent à l'avant et sont fixées à un os plat que l'on appelle le sternum.

Les paires huit, neuf et dix se
rattachent aux côtes du dessus.
On les appelle les " fausses côtes ".
Les deux dernières paires, la onzième
et la douzième, sont appelées
" côtes flottantes ". Elles ne sont
rattachées à rien.
L'ensemble de ces os est appelé cage
thoracique. Les côtes protègent le
cœur et les poumons, qui sont bien en
sécurité à l'intérieur d'une cage d'os.

La cage thoracique

Poumons

Cœur

Foie

Rate

Estomac

Carlos n'a toujours pas d'os dans les bras. Jérôme, Raphaël et moi l'aidons à chercher.

Finalement, c'est Carlos lui-même qui trouve les os qui lui manquent.

— Ces os de bras me vont à ravir, plaisante-t-il.

Chaque os va de l'épaule à l'avant-bras, où il s'insère dans l'articulation du coude.

— Enfin, s'exclame Carlos, je vais pouvoir jouer du coude!

> **Ha! Ha!**
>
> par Carlos
>
> Saviez-vous que vous aviez une armée romaine dans le bras? Mais oui, les os du bras ont des noms de soldats romains : Humérus, Radius et Cubitus.

— Parlant de coude, savez-vous pourquoi nous ressentons un genre de choc électrique lorsque nous nous cognons le coude? nous demande Mme Friselis. C'est qu'il y a un point de notre coude où un nerf passe au-dessus du bout de l'os. Ce nerf se trouve juste sous la surface de la peau — c'est pourquoi nous ressentons comme une décharge électrique lorsque nous nous cognons le coude.

Je ne peux m'empêcher de crier : « Aïe! » juste à la pensée de cette douleur.

Pascale et Carlos ont fière allure dans leurs costumes de squelette complets. Il ne manque maintenant des os qu'à trois d'entre nous :

Jérôme a besoin de clavicules et d'omoplates.

Raphaël a besoin de mains.

Quant à moi, je n'ai toujours pas d'avant-bras. Ensuite, nous pourrons vite quitter cette lugubre manufacture!

— Selon le plan, tous les os qui nous manquent devraient se trouver dans le bâtiment suivant, dit Mme Friselis. Allons-y! Dernier arrêt, Entrepôt F!

Nous montons dans l'autobus, et Mme Friselis appuie sur le bouton « départ » de la télécommande.

Rien ne bouge.

Elle essaie encore, mais toujours rien.

Puis, les lumières, qui étaient déjà faibles, s'éteignent complètement.

— Oh oh! s'exclame Catherine. Est-ce une panne d'électricité... ou une autre visite de notre fantôme?

Nous regardons par les fenêtres de l'autobus. C'est à ce moment que nous avons eu la peur de notre vie. Le fantôme de Jean n'est plus seul. Il y a maintenant cinq ou six squelettes fantômes phosphorescents!

Les squelettes commencent une danse bizarre : ils se penchent et se tortillent, tournent sur eux-mêmes et tourbillonnent. Puis, brusquement, ils disparaissent.

Les lumières se rallument.

— Bizarre, s'exclame Thomas.

— J'ai peur, dit Raphaël. On devrait disparaître, nous aussi. Je veux sortir d'ici.

Mme Friselis essaie à nouveau la télécommande. Cette fois, elle fonctionne. L'autobus glisse jusqu'au dernier entrepôt.

CHAPITRE 7

— Chose certaine, cette manufacture me donne froid dans le dos! s'écrie Carlos.

— Oui, mais je commence à penser que ces squelettes qui disparaissent sont en fait truqués, dit Kisha.

Je pense que Kisha a peut-être raison.

Nous sommes à l'intérieur de l'Entrepôt F, et nous cherchons dans des boîtes pleines d'os. Nous entendons treize hurlements, nous savons qu'il est déjà treize heures. Il faut nous dépêcher!

Jérôme tient à bout de bras deux os minces et courts et deux os plats et larges. « Je crois avoir trouvé les os dont j'ai besoin » , dit-il.

Oh! Mes os!

par Jérôme

Vos clavicules dépassent. Vous pouvez en toucher la forme avec vos doigts. Ces os saillants relient le haut de la cage thoracique aux épaules.

Les épaules sont composées de deux autres parties : le bout de l'humérus (l'os du bras) et l'os plat du haut de votre dos, appelé omoplate.

Les épaules ont le dos large! Ce sont elles qui soutiennent le haut de votre corps.

Une épaule vue de l'arrière

Clavicule

Omoplate

Humérus

Je cherche toujours les os de mes bras, mais impossible de les trouver. Tout comme la jambe, chaque avant-bras compte deux os.

Démêlons les os des bras
par Hélène-Marie

L'os qui est du même côté du bras que le pouce s'appelle le radius.

L'os qui est du côté opposé au pouce s'appelle le cubitus.

Je trouve un ensemble d'avant-bras qui sont à ma taille, mais un des os est déchiré.

— Si c'était un véritable os vivant, il se réparerait par lui-même, me dit Mme Friselis. Mais nous pouvons le recoudre plus tard. Tout le monde dans l'autobus!

La réparation des os brisés
par Hélène-Marie

Même si les os sont très durs, ils peuvent craquer ou se briser à cause d'une chute ou d'un accident. Les fissures et les cassures s'appellent des fractures. Un os brisé guérira de lui-même en trois à six semaines, mais il doit être maintenu en place pendant qu'il guérit.

D'abord, on prend une radiographie pour déterminer la gravité de la fracture. Si elle est vraiment grave, le médecin doit parfois remettre l'os en place à la main ou même effectuer une intervention chirurgicale. Quelquefois, il faut même mettre des vis ou des tiges pour maintenir en place tous les morceaux d'un os.

Je suis très heureuse d'avoir retrouvé les os de
mes bras même si l'un d'entre eux est déchiré. Ce
sera beaucoup plus facile à réparer qu'un vrai os
brisé.

— Maintenant, nous savons comment un
médecin traite un os brisé, dit Catherine, mais
comment l'os guérit-il vraiment?

— C'est très simple, Catherine, répond Mme
Friselis. Les os brisés guérissent en se reformant.

Le moniteur magique nous montre comment
cela se produit.

La guérison d'un os brisé

1. Le sang qui entoure la cassure durcit et recouvre la partie brisée de l'os, comme la croûte qui se forme sur votre peau lorsque vous vous coupez.

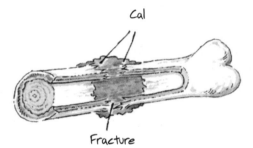

Cal

Fracture

2. Les minéraux et les tissus de réparation osseuse qui se trouvent dans le sang et l'os commencent à faire leur travail. Les extrémités commencent à ramollir.

Puis le nouvel os, appelé « cal », commence à croître à partir du bout qui est brisé.

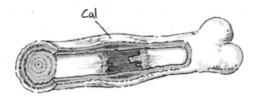

Cal

3. Le cal se développe entre les deux bouts brisés de l'os et commence à durcir. Lorsqu'il est complètement dur, l'os est comme neuf!

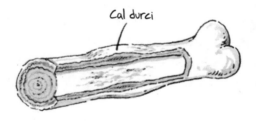

Cal durci

61

CHAPITRE 8

Après avoir appris comment les os guérissent, nous retournons aux boîtes pour chercher les mains de Raphaël. Ça prend du temps!

— Dépêchez-vous, les amis, grogne Raphaël. J'aimerais sortir d'ici avant ma retraite.

Nous ne trouvons pas de mains qui sont exactement de la bonne taille. Mais celles que nous dénichons feront quand même l'affaire.

Nous nous mettons tous en ligne pour féliciter Raphaël en tapant nos mains de squelette contre les siennes.

Nous nous entassons dans l'autobus, et Mme Friselis active le convoyeur. « Je crois que cela devrait nous ramener jusqu'au quai de chargement, dit-elle. Nous pourrons alors rentrer directement à l'école. »

— Ça me convient parfaitement! conclut Jérôme.

Haut les mains!

par Raphaël

Nos mains contiennent de nombreux petits os – 27 dans chaque main pour être exact. Chaque doigt compte trois articulations à charnière, et le pouce peut se replier vers les doigts. Toutes ces caractéristiques aident les mains à agripper, tenir et ramasser même de tout petits objets. Une bonne partie des muscles qui font bouger les os de la main se trouvent dans l'avant-bras. Sinon, les mains seraient trop volumineuses pour faire leur travail de précision.

J'essaie de voir le bon côté des choses. Je déclare : « Les costumes sont vraiment fantastiques. Et nous avons appris beaucoup de choses sur le squelette humain. »

— Et c'était mieux que de passer toute la journée à l'école, murmure Raphaël.

Tandis que nous parlons, l'autobus glisse sur le convoyeur. Devant nous s'ouvre un tunnel obscur.

— Oh non, s'exclame Jérôme. Je n'aime pas du tout cela. Mme Friselis, arrêtez l'autobus!

Mme Friselis appuie sur le bouton « arrêt » de la télécommande, mais ça ne marche pas. Il est trop tard! Nous nous engageons déjà dans le tunnel noir.

— Ne vous inquiétez pas, nous rassure Mme Friselis. Nous en serons probablement ressortis dans le temps de le dire.

C'est difficile de ne pas nous inquiéter lorsque nous voyons d'effrayantes lumières s'allumer dans le noir tout autour de nous.

Encore les squelettes danseurs!

Nous sommes prêts à plonger sous nos sièges, lorsque l'autobus sort du tunnel et entre dans une pièce éclairée. Le convoyeur s'arrête.

Nous sommes dans une salle de travail remplie de machines à coudre et de tables couvertes de fils, d'outils et de pots de peinture.

Un groupe de personnes qui portent des vêtements moulants noirs saluent de la main. Une à une, elles retirent leurs masques et nous sourient.

Les squelettes phosphorescents n'étaient pas le fantôme de Jean et de ses amis, en fin de compte!

— Les fantômes étaient des *personnes*? demande Raphaël. Qu'est-ce qui se passe ici?

— Eh bien, après tout, nous sommes bel et bien dans une manufacture de costumes, dit Mme Friselis en souriant. Nous aurions dû le deviner.

L'un des squelettes fantômes s'approche pour nous saluer.

— Je m'appelle Martine, dit-elle. Je travaille ici. Nous espérons ne pas vous avoir fait trop peur. Il fallait essayer ce nouveau costume électrique. Lorsque nous avons su que vous étiez à la manufacture, nous avons pensé que le moment était bien choisi pour vous jouer un petit tour pour l'Halloween.

Martine nous montre comment le déguisement fonctionne. Lorsqu'elle appuie sur un bouton, les os se mettent à luire d'un beau vert phosphorescent qui donne la chair de poule. Lorsqu'elle appuie à nouveau sur le bouton, la lumière s'éteint et le costume redevient complètement noir. Dans une pièce sombre, on peut croire que le squelette a tout simplement disparu!

— C'est un bon tour, concède Catherine. Certains d'entre nous ont vraiment eu peur.

— Pas moi, s'exclame Jérôme. Je savais depuis le début que ce n'était pas de vrais fantômes.

— JÉRÔME!!! nous écrions-nous en chœur.

Il se contente de sourire.

CHAPITRE 9

Nous disons au revoir à Martine et aux autres
« fantômes ». Comme nous remontons dans
l'autobus, nous entendons une voix crier :
« Madame Friselis! Madame Friselis! » C'est Fédor
Roy, le directeur de la manufacture de costumes. Il
est au volant d'une voiturette électrique remplie de
boîtes. Il arrête la voiturette et prend l'une des
boîtes.

— Je suis désolé des inconvénients causés par
vos costumes, Madame Friselis, dit-il en lui
tendant la boîte. Voici un petit cadeau pour votre
classe.

Mme Friselis ouvre la boîte. À l'intérieur se
trouvent des masques de squelette. Maintenant,
nos costumes sont *vraiment* complets.

Il y a même un petit crâne de lézard pour Liza.

— Hé, c'est fantastique! s'exclame Thomas. Merci beaucoup, Monsieur Roy.

De retour en classe, nous avons suffisamment de temps pour une autre leçon. Nous apprenons quels os forment le crâne. C'est une partie très importante du squelette puisque le crâne protège le cerveau et les organes qui nous permettent de voir, d'entendre, de sentir et de goûter — c'est-à-dire, bien sûr, les yeux, les oreilles, le nez et la bouche.

Cahier de Hélène-Marie

Crânons un peu

L'os de la mâchoire inférieure est le seul os du crâne que nous pouvons bouger. Les autres sont unis par des articulations immobiles qui les tiennent en place.

Le plus petit os du corps se trouve dans le crâne. L'étrier est plus petit qu'un grain de riz et il est situé à l'intérieur de l'oreille.

— Le crâne semble moulé tout d'une pièce, fait remarquer Mme Friselis. Elle nous montre le crâne d'Oscar, le squelette de l'affiche. Mais en fait, il est composé de 22 os. Le visage en compte 14. Les 8 autres os forment le front et la partie ronde à l'arrière de votre tête. La partie supérieure du crâne est semblable à un casque osseux qui protège le cerveau.

— Comment ça se fait que le crâne n'a pas de nez — seulement un trou? demande Pascale. Je me suis toujours posé la question.

— Tu as peut-être l'impression que ton nez est fait en os, répond Mme Friselis, mais une grande partie du nez est en fait un cartilage qui recouvre une structure osseuse. C'est pourquoi tu peux plier le bout de ton nez, comme tu peux plier tes oreilles. L'extérieur de tes oreilles est aussi fait de cartilage.

— Les trous pour les yeux dans le crâne sont très gros, fait remarquer Catherine.

— Il faut qu'ils soient gros pour contenir des yeux de la taille d'une balle de golf, explique Mme Friselis. N'oubliez pas que nous ne voyons même pas la moitié des globes oculaires. Le reste est caché derrière nos paupières et notre peau, et protégé par les os.

— Ce crâne a des dents, souligne Jérôme. Les dents ne sont pas des os, n'est-ce pas?

— Non, répond Mme Friselis, mais elles sont enracinées dans l'os spongieux de la mâchoire. Et elles sont recouvertes d'émail, le matériau le plus dur de notre corps. Les dents qui ne sont pas cariées ou qui n'ont pas été arrachées restent dans le crâne, comme si elles faisaient partie de l'os.

Cahier de Hélène-Marie

Les débuts d'un squelette

Votre squelette commence à grandir
avant même votre naissance. Tout
d'abord, il est fait d'une matière molle
et caoutchouteuse appelée cartilage.
À votre naissance, une partie du
cartilage a déjà commencé à durcir et
à se transformer en os. Avec le temps,
de plus en plus de cartilage mou se
trouve lentement remplacé par des os.

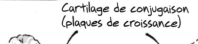

Cartilage de conjugaison
(plaques de croissance)

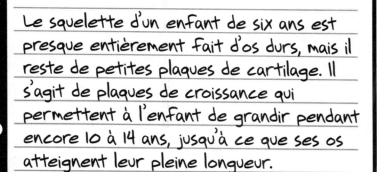

Le squelette d'un enfant de six ans est
presque entièrement fait d'os durs, mais il
reste de petites plaques de cartilage. Il
s'agit de plaques de croissance qui
permettent à l'enfant de grandir pendant
encore 10 à 14 ans, jusqu'à ce que ses os
atteignent leur pleine longueur.

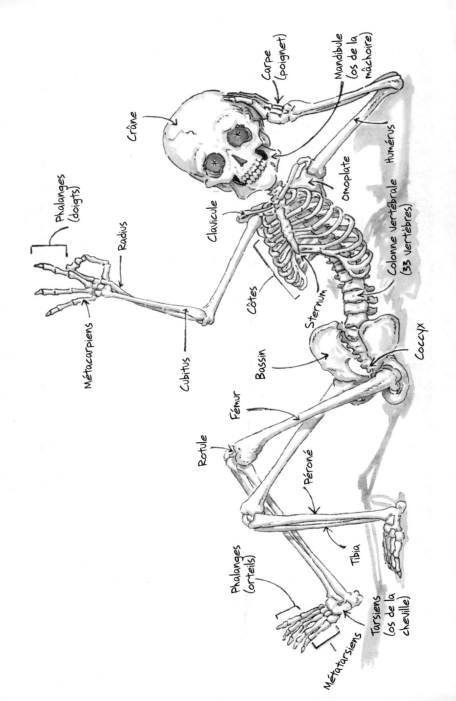

Crâne

Carpe (poignet)

Mandibule (os de la mâchoire)

Humérus

Omoplate

Colonne vertébrale (33 vertèbres)

Clavicule

Phalanges (doigts)

Radius

Métacarpiens

Cubitus

Côtes

Sternum

Bassin

Coccyx

Fémur

Rotule

Péroné

Tibia

Phalanges (orteils)

Tarsiens (os de la cheville)

Métatarsiens

Mme Friselis déroule une immense image de squelette et l'étend sur le plancher. Elle nous donne chacun un marqueur.

— Maintenant que nous connaissons les parties du squelette humain, nous pouvons terminer cette affiche. Nous allons écrire le nom des os que vous avez trouvés à la manufacture de costumes. Catherine, à toi de commencer.

Nous passons le reste de la journée à inscrire les noms sur l'affiche.

Lorsque nous avons terminé, Mme Friselis va chercher une desserte remplie de cocktails de jus de fruits, de petits gâteaux à la citrouille et de biscuits en forme de squelette.

— Les fantômes de la manufacture nous ont effrayés, nous allons maintenant en croquer quelques-uns! s'exclame Frisette. C'est la plus belle surprise de la journée.

— *Ça*, ça nourrit son squelette! s'écrie Carlos.

— Ça nous nourrit jusqu'à l'os, renchérit Pascale.

Nous avons eu une belle fête de l'Halloween, finalement.

QUI EST LÀ?
UNE DEVINETTE
DE FRISETTE

— Les animaux ont-ils tous des squelettes comme le nôtre? demande Raphaël à Mme Friselis.

— Eh bien, non, Raphaël, répond Mme Friselis. La grande différence, c'est la colonne vertébrale. Les humains et les autres animaux qui ont une colonne vertébrale, on les appelle des *vertébrés*. (Souviens-toi, les os qui constituent la colonne vertébrale s'appellent des *vertèbres*.) Tous les autres animaux — les insectes, les vers, les méduses et à peu près un million d'autres espèces — n'ont pas de colonne vertébrale. On les appelle des invertébrés. Il y a beaucoup plus d'*invertébrés* que de vertébrés sur Terre!

Mme Friselis nous distribue une feuille d'exercice tout en poursuivant : « Les vertébrés vivent sur la terre et dans l'eau. Sur cette feuille se trouvent cinq squelettes qui ont une colonne vertébrale. Peux-tu nommer chaque vertébré seulement en regardant son squelette? »

Pascale les a tous découverts. Et toi?

Je te donne un indice. Aucun des animaux n'a encore disparu.

Les réponses sont inscrites à l'envers, à la page suivante.

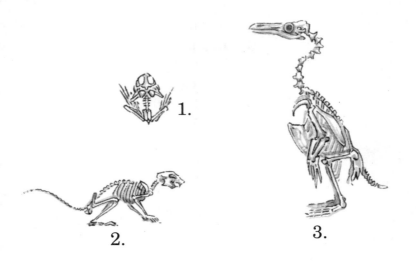

1.

2.

3.

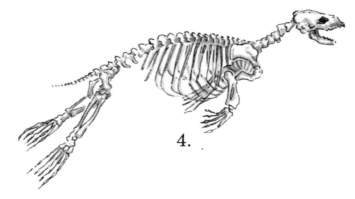

4.

5.

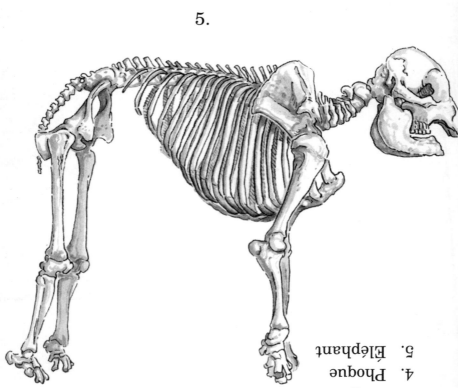

1. Grenouille
2. Écureuil
3. Pingouin
4. Phoque
5. Éléphant